그 사람을 읽는다

**시와소금 시인선 163**

# 그 사람을 읽는다

ⓒ홍승자, 2023. printed in Seoul, Korea

초판 1쇄 인쇄  2023년 11월 25일
초판 1쇄 발행  2023년 11월 30일

지은이  홍승자
펴낸이  임세한
펴낸곳  시와소금
디자인  유재미 정지은

출판등록  2014년 1월 28일 제424호
발행처  강원 춘천시 충혼길20번길 4, 1층 (우-24436)
편집·인쇄  서울시 중구 퇴계로50길 43-7 (우-04618)
전화  (033)251-1195 / 휴대폰 010-5211-1195
전자주소  sisogum@hanmail.net
ISBN  979-11-6325-071-5  03810

값 12,000원

· 이 책은 강릉문화재단 지원금으로 발간되었습니다.

시와소금 시인선 · 163

# 그 사람을 읽는다

홍승자 시집

시와소금

**▌홍승자**

- 서울 출생
- 1991년 《시대문학》 신인상으로 등단
- 시집으로 「직립하는 것들은 아름답다」
  「세상의 모든 것들은 문을 닫지 않는다」
  「침묵의 문 속으로 깊이」
  「그 사람을 읽는다」
- 1982년 춘천에서 「삼악시」 동인으로 창작활동 시작.
- 1987년 이후 강릉에서 활동
- 난설헌문학상, 정심문학상, 관동문학상, 강원여성문학상,
  강릉문학상, 강릉예술인상 등 수상.
- 강릉문화재단 이사직 역임.
- 열린시, 강릉여성문학, 산까치, 관동문학회 회장 역임.
- 현재 강원문인협회, 강릉문인협회, 관동문학회 자문위원.
- 전자주소 : siinman@daum.net

시월을 배웅해야 할 때가 다가온다
시리도록 푸른 하늘은
구름 또한 예사롭지 않게
자리를 썩 비켜준 쾌청이다

그리 쉽지만은 않은 일을 위해
발돋움하며
무엇을 채우려
애써온 시 쓰기인가

이제는 툭툭 털고 일어나
저 쾌청의 하늘처럼
비워서 가득한 시인이 되고 싶다
우러르고 우러르며, 나도 맑아지기를

2023년 시월 스무사흗날
강릉에서 홍승자

| 차례 |

| 시인의 말 |

## 제1부  그리운 숲

## 제2부 여름·가을

## 제3부 눈 내리는 안목역

## 제4부 서글픈 생존

제 **1** 부

그리운 숲

# 풍경 · 2

불투명한 창을 문질러 본다
깊게 누려온 고통의 흔적들이
손가락의 지문처럼 질긴 얼룩이다

겨울잠 자고 난 햇살의
숨결을 허락할 투명한 창으로
몽롱하게 흔들리는 신기루
아지랑이를 불러들인다
그것은 고통의 배후에 숨어
간직해온 기쁨이기도 해서

그 기쁨을 맞이하기 위해
時方 희망을 파종해야 한다
투명하여 눈부신 풍경이 봄을 여는 날

# 별이 빛나는 밤 · 1

우주의 별 하나가
어둠을 산산이 부수며
죽을 힘을 다해 빛을 밝힌다
찰나의 發光으로 생의 마지막을 폭발시킬 때
新星이라는 찬란한 이름을 얻는다지

나, 저문 언덕 어디쯤일까?

날개를 편 부엉이처럼
하루하루 더 깊어가는 어둠 속으로
나, 유유히 스며들 수 있을까
전력을 다해 산다 해도
인간의 전진 끝에는 웬만해선 발광의 흔적 없지만

역행 불가능한 죽음의 순간 너머
광활한 어둠을 가르고 불꽃으로 탄생한
석학들이 있기에

헤매는 나의 어두운 길에서
우러르는 新星, 별이 빛나는 밤

# 별이 빛나는 밤 · 2

저문 언덕 또 어디쯤 왔을까?
덧없고 여린 더듬이 비비며
맑은 호숫가 풀밭에서
푸른 풍경 물들이며 살다가
어둠을 촘촘히 밝히는
별을 오랜 세월 우러른 후
어둠에 기대어 깊어지는 사색의 빛으로
나도 발광할 수 있으려나
이제야
미미한
반딧불이만큼이라도 반짝?

# 바다 · 6

나, 외로웠다고 그에게 말을 걸었지요
그는 늘 그 자리에 있지만
때로는 그도 외로운지
해송 가지 사이 흰 거품 눈부신 파도로
야생마처럼 달려오고 있습니다

큰 파도로 나를 반기고 있습니다

감질나게 눈 앞을 가리는 소나무 사이로 나누는
그와 나의 눈인사만으로도 족하지만
순간 잦아진 물살이
다가선 내 발밑 큰 물관으로 흘러들어
우리는 하나가 되곤 합니다

# 바다 · 7

여름 한 철 몸살을 앓아야 하는 그가 안쓰러워
휴가철이 끝나도록 그를 멀리 바라만 보다가
삽상한 바람이 소매 끝으로 감아들 때쯤에야
더는 견딜 수 없는 그리움으로
맑아진 그에게 다가서지요

함부로 다가가 내 마음 무뎌질까 두려워
지그시 묵혀 두는 그리움이어요
첫물 차 빛깔 선명하던 입춘 무렵의 그와
사파이어 블루로 빛나던 가을날
오후 두 시경의 그를 첫사랑처럼 기억합니다

지척에 두고도 아끼며 망설망설 기다리는 것은
처음처럼 모든 사소한 것들이 그냥 그대로
기억의 물결 속에 파도치며 변치 않기 위해서죠
변화를 두려워하는 나는
늘 옛 추억을 소중하게 데리고 사는 미련한 사람이어요

# 나를 흔드는 봄비

비에 젖는 겨울나무처럼
메마른 가지에 흠뻑 물 올리고
갈증 다 풀고 싶은 사람들

시방, 빗방울의 진동에
오랜 금기로 농축된 향주머니도 다 젖고 있다
겨우내 마른 입술 타들어 가던 우리
오늘은, 짓눌린 우울을 벗어
비 젖는 마당에 내팽개치자, 그리운 옛 향이나 스며들게

어떤 일이 벌어질 것만 같은 봄 예감에
가슴은 콩닥거리고
꿈길 걷듯 그리운 사람들 만날 날만 기다리는데
우산이 젖어 들어
우산 비 내리도록 이야기 걸음 놓으며
아, 이 겨울을 보내버리고 싶은데
마스크도 2022년을 맞는 봄비에 흔들리고 있는데

조바심치는 우리, 금기의 감옥을 탈출해야지

# 정표

마흔 즈음의 타향

음울한 터널을 통과하며 속절없이 방황하던 날 왕산 산속에서 고요를 흔들어 깨우는 돌배나무를 만났지요 고요의 들숨 날숨에도 하르르 하르르 흩날리며 하얗게 혼절하던 꽃잎들 그 꽃비 어찌나 고요하고 깊은지 내 마음도 고요 속에 잠수하고 말았어요 해마다 돌배꽃 필 무렵이 오면 그의 숲에서 함께 노닐던 세월은 가고 그렇게 그의 숲이 나를 다독이며 업어 키웠는지 타향살이도 차츰 순해지던 걸요 눈이 부시게 꽃비 흩날리는 그를 우러르며 찬탄할 때마다 나의 생에도 몇 송이 꽃쯤? 찬란한 욕심이 뭉게구름처럼 피어오르네요 타향도 고향처럼 살아낸 삼십여 년 그도 나도 늙어가는 봄 나의 심장이 마른 즈음처럼 다시 꽃비에 쿵쿵 무너져내리는 봄날이네요

방황도 멈춰버린 가여운 영혼에
오랜 知己 깊어진 정표로
너그럽게 배꽃 문양 印章을
꾸욱 눌러

각인시켜주네요, 너도 꽃이야!

# 그리운 숲

산중 깊은 곳
황혼이 온통 숲에 내려앉고 있었지
키 큰 나무들의 장중한 춤사위가 황홀할 때
짙어가는 수묵 빛은
놀랍게도
수월하게
숲 한 채를 어둑어둑 허물어내고
푸른 밤은
은하수를 깔아 숲의 나무들을 쓰다듬었지
오랜 세월의 수고로움을 재우는 손길처럼

2억 년의 지구 한 귀퉁이에서
신령스러운 숲을 기억하며 살아온 나
큰 그림을 그리는
큰 나무의 숲을 다시 만날
그런 역사가 내게 기록되기를 꿈꿔왔다
그러나

젊은 날 나를 압도하던
숲으로 가는 길은 신기루처럼 사라져버리고
짙은 안개에 휩싸인 기억의 집 한 채
낡고 허물어져 무로 돌아간다 한들

이 그리움을 지울 수 있을까, 나의 숲

# MISS KIM

깊은 산 속 순박한 우리 꽃이었던


그 이름 MISS KIM 라일락

앙증맞게 개량된 정원수는 풍요의 나라 한국에서

비싼 로열티 물어가며 역수입하고 있지요

미국물 좀 먹었다고 우리 야생수수꽃다리

고급 수종 정원수로 인기가 절정이네요


정원에 만개한 꽃, 호사스러움이라니요

화사한 미소 속에 숨겨진 애달픈 생존 내력

호적 이전된 꽃들이 전하는 이야기로 인해

그들이 예쁘면 예쁠수록

더욱 안타깝지 않겠는지요


本籍이 누군가에게 분석되고 창작되어

그 이야기의 내부로 이식된 호적

개화 시기마다 변색하며 진한 향기 요란하지만

종전 후 고국을 떠난 가련한 미스 김들처럼

그 이름을 입속에 되뇌어 보면, 웬일인지 서글퍼서요

# 봄으로 가는 동백

푸른 잎을 압도하는 붉은 빛
외겹 입술 단아하게 열어
황금빛 첫사랑 그 겨운 고백을
목숨 다해 뱉어냅니다
붉디붉게 피었다가
단칼에 툭, 툭 베어지는
아릿아릿한 저 젊은 열정을 휘감고.
부연 아지랑이 속을 출렁이며 걸음을 놓고 있습니다

아랫녘 강산이라도 아직 겨울 자락을 놓지 못하는데
잔설 위에 각혈 붉게 흩뿌리는 동백
어찌 이리 뜨거운지요
햇살에 기대어
남녘 산사를 찾아드는 길가엔
두고 간 *絶命 詩*들 낭자합니다
무심한 햇살도 따끈따끈 동토의 해동을 꿈꾸네요

일상의 일탈로 누리는 자연과 자유는 동의어여서
무디고 무뎌진 나의 심연에
젖줄처럼 찌르르 도는 시원의 강줄기
서럽도록 고운
남녘 산천 한 구비 두 구비에
그 시원의 물꼬를 터트리며 내달립니다
동백처럼 아린 젊음을 기억합니다

# 일몰과 나

나, 젊어 한때는

떨어져 사는 가장이 안쓰러워

일몰의 순간이 오면 눈시울 붉히곤 했어요

가족이 함께 모여 산다는 건 현대인의 복이겠지요

오순도순 같이 사는 일을 꿈만 꾸다가

아이들은 성장하고 분가하고

오랜 세월 지난 뒤 부부가 함께여도

그 알싸한 허전함에

일몰의 허공에 대고

눈물 찍어낼 일 다시 생기는 것

사는 게 다 그런 건지요


내 인생의 방향을 타진하던 나침판

빛은 스러지고 무뎌진 바늘 끝으로도

아직 미세한 떨림이 멈추지 않고 있어요

일몰에서 일출을 읽어내며

내일을 기다려야 하기에

미세한 떨림의 타진을 따라
저 일몰이 붉게 타오르는 산봉우리를
마음 재우며 넘어설 거예요
장엄한 생의 발현지를 찾아 유유히 떠나야 할 텐데
이제 와 새삼 무엇이 두렵고
그리울 것은 또한 무엇이겠는지요

# 바늘꽂이에 피는 꽃

채소를 심어 먹던 우리 집 마당은
내 허리 걱정에 판석이 깔리고
마트보다 싱싱한 먹거리 장터가 사라졌다

엄마 일거리가 줄었다며 좋아하는 가족들 뒤에서
창을 열면 고추, 상추, 풋고추, 깻잎들 나란하던
옛 마당이 그리운 나

늙은 고집 그대로
담장 낀 좁은 화단 흙을 고르고
바늘꽂이에 바늘 꽂듯 촘촘히 씨를 박는다

비좁은 틈을 비집고 터 오르는 싹들
으쓱으쓱 키를 돋우는 푸르름이 기특한데
채송화도 깨알처럼 옛정으로 돌아나 반가운 눈인사다

따끈한 유월 햇살 아래

배시시 노란 등 붉은 등을 켜 든 어여쁜 의지
밀도 높은 땅에 사는 지혜로 조심스레 곁가지를 낸다

촘촘한 그늘을 헤집고 남의 영토 침범 없이
서로서로 어울려 제자리 지키며
힘들어도 제할 일 다 해내는 그들

바늘꽂이만 한 땅에 어우러진
저 꽃은 물론이요
햇살을 나눌 줄 아는 푸성귀마저, 꽃 중의 꽃이로구나

# 소금 항아리 · 1


딱딱한 메줏덩이 두어 장을

동굴 같은 내 품에 끌어안고

서해 소금물로 자분자분 적셔주면

삼사월 햇살에 자글자글 간을 들이지요

동동 꽃이 일면 성숙한 어휘로 소금물과 소통하며

메주의 발효 그리고 숙성으로 장맛을 냈고

단내나는 꽃이 일도록 마흔 날을 꽉 채우던 시절

아씨의 인생은 나와 같이 반짝이며

삼 남매의 숙성, 발효기에 열정을 다 바쳤지요


내 품에 안겨 꽃 일던 메주가 숙성되면

야무진 아씨 솜씨로 갈무리해

전통 한식의 굳건한 뼈대를

삼 남매의 정신에 새겨 주었지요

요즘은 이런 집 별로 없어도

해마다 된장 간장을 가르고

내 몸 어느 한구석 소홀히 다루지 않던

아씨의 정갈한 손길도 늙어버려
이제 더는 장을 담그지 않게 되었군요

내 몸은 속절없이 허전해 밤이면 텅 빈 속에
별 같은 소금을 품고 쓰라린 마음에 하늘만 쳐다봅니다

# 소금 항아리 · 2

아씨의 반백 년 살림 중에
곱던 날들이 그리워 회상에 젖어 듭니다
반짝이는 장 항아리들 틈새로 비집고 들어선
채송화 포기마다 여름 볕 폭죽 터트리듯 피어날 때
아씨의 젊음도 색색이 피어 아름답더니
찬란한 채송화도 찰나의 아름다움으로 져버렸지요
먼 길을 걸어 예까지 오는 동안 버짐 꽃핀 나
이제 짜디짠 소금만 가득 차
내 꿈도 폭삭 절어 압사 직전이에요

나를 애처롭다 바라보는 검버섯 거뭇거뭇 시든 꽃 아씨여
우린 이리 질기게 거울이 되어 바라보네요
꿈꾸지 않는 내 안에도 내 곁에도 꽃이 피어나지 않아요
아씨 곱던 손으로 애지중지 행주질 윤기 내던 내 몸피도
주둥이까지 차오른 소금에 푸시시 버짐 돋아 버석거려요
할 일 없이 햇살에 기대앉아 옛일을 불러옵니다
아씨마저 나처럼 세월에 낡아 버려 마음 산란한 봄날

버석대는 내 몸통을 물 행주질하는 그 손도 거칠군요

아마도 이건, 노부부처럼 팔자소관의 측은지심 아닐까요

# 껴묻거리
― 대관령 박물관에서


살림할 명기들이
죽은 자의 사후 영생을 위해
무덤에 매장되는, 이름하여 껴묻거리
국 사발과 합, 접시며 술잔과 찻종까지
조선 시대 어느 권력자는 죽어서도 수수 백 년 호사로구나

묘지 석과 함께 주인과 말, 남녀 종까지 빚어
말갛게 윤이 나는 살림살이 빛나는 영토
누군가 침범하여 발가벗기지 않았다면
이승의 영화로 마련한 영생의
그 꿈은 영원했을까

조명 속에 빛나고 있는 백자 명기들은
희다 못해 푸르스름하게 진저리치며 묻는다
인간 욕망의 끝없고, 덧없고, 부질없음을
영원으로 이어지고 있는 인간의 꿈은
도대체 무엇이란 말인가

껴묻거리를 뒤로하고 돌아서는 내 뒤통수에
웬일인지 푸른 눈초리들이 따라와 박히고 있다
생각의 헝클어진 갈피를 거두어들이며
허둥지둥 환한 봄 햇살로 나선다
헐겁게 다녀가면서 만나지 못했던 눈초리 밖으로

몇 번이었던가?


* 껴묻거리 : 副葬品

# 설국 · 5

겨울 대관령은 이미 설국
그래도 강원 산간은 연일 대설주의보다
적송 군락지, 풍상 세월에 굴곡진 골격 위로
나비 떼가 팔랑이듯 난무하는 눈송이
가벼운 무리가 솔숲 위로 끝없이 내려앉는다

절정의 군무 그 아름다운 몽환에 취해
아름다워라, 어지러워라, 숲의 어깨가 출렁인다
가벼움의 무게에 무겁게 젖어 들면
니무 많은 가벼움이 버거워지면
사랑이라도 비틀 허물어지고 마는 법

등 굽은 적송 한 그루
젖어 든 무게를 견디지 못하고
생가지 찢기는 짐승의 포효로 골짝을 뒤흔든다
골짝을 가르던 비명도 소리 없는 눈 속에 갇힌다
흔적조차 고요 속으로 어지러이 묻혀버리고 만다

백색 공포의 나라, 여기는 설국

# 제 2 부

# 착각 속의 시간

# 찔레꽃

찔레꽃 하얗게 휘날리는 산자락

뻐꾸기도 엄마를 기다리는지

한낮이 기울도록

내 귀를 쪼아대던 뻐꾹, 뻐꾹

산마루로 해 넘어설 때쯤

뻐꾸기 울음도 잦아들어 적막한 산모롱이

휘어진 고갯길로 갸웃갸웃

이제나저제나 지쳐가는데

타박타박 치마허리 감아 안고

점점이 다가서는 엄마의 모습

재촉하는 걸음마다 찔레꽃잎 흩날리는 모양이

어찌 그리 반갑고도 서러운지

왈칵 눈물 어린 내 눈 속으로

꽃잎처럼 어지럽게 쏟아지는 엄마, 엄마


흩뿌리던 찔레꽃 향기는 젊디젊어 곱던 나의 어머니

# 근황

잔상에서 착상된 그림들이
91병동 6호실 창문에 마구 아롱댄다
내 몸이 연속되는 영상을 따라 부유한다
봉인된 열정이 다발로 흐드러진 급성염증 발열
아롱거리며 타오르는 꽃 무더기 속
탈출구는 주름처럼 접혀서 사라지고 만다
뜨겁게 타올라 소멸하려나, 려 나? 려  나? 려   나?
무의식 속의 물음이 연속무늬처럼 반복된 며칠 후
펄펄 끓던 꽃송이들을 소멸시키며
사천 바다 수평선을 차고 오르는 태양
나는 환하게 열리는 문을 향해 팔을 내저어
필사적인 힘으로 접힌 주름을 잡아 젖힌다
병실 창에 걸터앉던 태양이
엄마처럼 따뜻한 손길로 눈까풀을 어루만진다
따뜻하다, 평안의 온기가 온몸을 짜릿짜릿 훑어내리고
타버린 몸에서 자아올린 수분이 내 눈을 적시는 전율

오! 나의 엄마, 그 눈물의 골짜기에서
무의식의 멀고 먼 세상을 돌아와
명징하게 빛나는 새 아침을 주시나요?
엄마의 가슴에 희열의 눈물로 범벅이 된 얼굴을 묻는다

# 택배

애초에 마음대로 할 일이 아니었다
구름과자 한 상자 보내고
언니 분홍 가슴 받아보려는
헛된 꿈에서 깨어난다

어른거리는
어지러운 창
부옇게 동터오는 빛을 안아 들이려
蘭 그림자 부르르 떨고 있는 창

꿈을 깨고 나도 연속무늬 같은 꿈속을
노크하는 아침은 왜?
어제도 또 어제의 어제도 쓰러뜨리며
엄마였다가 언니였다가

의식의 구석진 방에 숨어있던 여자의 지나간
어여쁜 복숭아

엄마의 가슴을 욕망하다가
이미 이승을 떠나 시효가 끝난 엄마를 엉엉 울어준다

분홍일지 모를 언니, 엄마 해줄래요?
구름같이 몽글몽글하고 달콤한 마음을 포장해 보냈는데
아직도 긴긴 연휴라니
언니는 내 욕망을 원치 않고, 나는 애초에 그럴 일이 아니었다

# 착각 속의 시간

나는 달팽이를 닮아간다
새벽 여섯 시부터 여덟 시까지
겨우 두 식구 아침밥 차리는 시간이다
옛 솜씨를 살려내지도 못하면서 느릿느릿
엉뚱하게 손가락부터 온몸이 시큰거린다
오십 년 경력 요리사 사표를 내고 싶다

삼시 세끼,
이렇게 힘겹고 무서운 말일 줄 몰랐지
경력인정 시대에
이 평생직장은 경력도 사표도 해당 사항 없다

티 하나 안 나는 그 자리를 맴돌다가 맥빠진
내 몸이란 기계는 마모된 부속들로 삐걱대는 고물인데
나보다 더 엉성한 기계가 돼버린 오래 산 남자는
착각 속의 시간으로 미끄러지고 있는지

눈치 하나 없이, 둔하디둔하게

영원히 젊은 아내 시중받으며 목하 安居 中이시다

# 경계 허물기 · 2

삼십 년 넘게 살아온 집
담장 허물기를 꿈꾼 지 오래다
담장 하나 허문다고 내 인생이 시원해질까마는
담 아래 다닥다닥 뿌리내려
자지러드는 꽃과 나무 사이를
햇살과 바람의 손길이 어루만져 주면 좋겠지

정작 그걸 바라볼 수 있다면
고인 물 내 인생도 어느 곳으로든
물 고가 트일 것만 같은데
도무지 동의해줄 마음 없는 가장의 불통 내력
누구나 미래를 기획하며 살아가지만
사람 곁에는 늘 개입하는 존재가 마련되어 있다

내가 길들이고 길들어버린 타인 덕분에
야금야금 높아 보이는 담장
사소한 일 같지만

가장 소중한 관계로 인해 속을 끓이게 된다
어느 날 사막여우*가 마음으로 담장을 바라보란다
유일한 나의 타인, 불통을 마음으로 바라보란다

곰곰이 되새기며 바라본 담장은
딱, 참아낼 만하게 길이든 그만큼의 높이였다
불통과의 通을 위해 담장 허물기를 포기해야겠다
밴댕이 소갈딱지, 내 안으로 비로소 작은 바람길 트인다
나무가 되어 꽃이 되어
하느작하느작 유영하는 바람길엔 경계가 없다


* 사막여우 : 『어린 왕자』 속 여우

# 그 사람을 읽는다 · 1

그렇게 세월은 가고
그도, 나도
사랑의 길을 잃어 헤맬 줄 알았을까
살다 보니 이런저런 일들이
태풍처럼 말을 물고 내달리고
아끼던 마음 깊을수록 노여움도 짙어져
단칼에 내 가지를 쳐내던
질풍노도의 시기를 산 서슬 퍼렇던 그
철철 피 흐르는 나만 아픈 줄 알았기에
해 저문 산 하나 내려앉은
컴컴한 골짜기에서
작은 짐승처럼 웅크리고 상처를 핥아야 했다
겨우 예의 치레만 깍듯이 하고 돌아서는
쌀쌀한 나로 인해 당황하던 그

서로 데면데면 본체만체 살던 세월 속에서
가끔 옛정이 그리워 주춤거리는 그의 쓸쓸한 그림자를

나는 헤아리지 못했다
십여 년 사이 몇 번이나
칼칼한 그의 정신이 어깃장을 부렸고
꺾어질지언정 휘어질 줄 모르는
그의 성정에도 때로 정신을 가다듬고는
어렵사리 내게 머리를 숙이며 사과하던
후회의 마음을 다시 읽어본다
병이 깊어가며 순수했던 옛일이 그리웠을 그의 마음을
다시 한 장 한 장 읽고 또 읽어본다

# 그 사람을 읽는다 · 2
— 故 이충희 선생을 그리며


타향이 힘겨울 후배 시인을
알뜰하게 챙기던 선배님
까칠하고 예민한 성격 탓에
때론 이런저런 후배들에게 상처를 주지만
그 또한 마음에 두고 후회하던 사람
정이 그리워서, 정이 많은 사람이라서
병이 손쓰기 힘든 지경에도 겁나게 숨기며
나의 작은 병치레 소식을 핑계로
기운차리라고, 많이 먹으라고
나보다 좋던 식성이 어째서 입맛 없는지
내게만 권하던 비싼 A++ 한우
아무 눈치도 없이 그의 과용만 걱정하며
얼었던 내 마음을 풀어내던 일
때아닌 서릿발로 문단을 꽁꽁 얼리기도
봄 시내처럼 사운 거리기도
그처럼 종잡을 수 없던 일들은 다 어인 일이었나요
참으로 무섭게 통증을 이겨내며

말기 병중에도 환한 웃음으로
몇 번이나 약속을 청하던 그 마음은 무엇이었나요

그 좋아하시던 매화꽃 봉오리 벙글 즈음
얘야! 이른 매화꽃 보러 가자
신바람 통통 튈듯한 그 목소리 들릴 듯한데
병 중 다시 강릉으로 돌아오시려니 기다리는
우리에게 生者必滅 이란 말씀으로 돌연히 떠나셨으니
마음을 무겁게 누 지르는 추억 때문에
뒤늦게 나를 목메게 하는 정 때문에

그 사람을
종종
읽고 읽는다

# 들레

서둘러 얼굴 내미는 마당 귀퉁이 봄 인사
여고 그 시절을 왜 못 견뎌낸 거니
이제 와 극성스레 치근대려고 하필 들레, 민들레였니
콧등으로 내려뜨린 납작 안경 금테 속에서
햇살 노랗게 부서뜨리며 그렇게 나를 바라보면 무얼 해

눈웃음 까르르 터트리며
새침데기 나에게 다가와
언제나 많은 말을 쏟아내던 수다쟁이 친구야
스스로 이승을 떠나야 했던
너의 그 속내는 무엇이었니

얼마나 아팠기에 할 듯 말듯 망설이기만 하고
끝내 전하지 못한 그 아픔은 무엇이었니
유난히 생글거리며 눈물 젖던 눈
너의 웃음을 풀어내지 못한 충격에 휩싸여
나, 젊음이 못내 괴로웠지

참으로 세월 많이도 흘렀는데
봄마다 서둘러 우리 집 마당귀에서
자꾸자꾸 내 눈에 밟히는 너
거기서는 잘 지내는 거지, 그냥 다 잊고 소녀로 남아있는 거지
늙어버린 나와 만나도 우린 그냥 다시 꽃띠 친구

내 곁에 지천으로 피는 민들레처럼
그렇게 언제나 볼 줄 알았던 너
내 눈에, 내 맘에
오래오래 담고 살아오며 밉기도 그립기도 했으니
꼭, 네 아픔을 풀어 줄 거야, 때가 되어 다시 만나면

# 풍경 · 1

세상살이 여린 내 곁에
뿌리 내려 줄기 세우고 살아온 당신
당신도 예전엔 풀처럼 여렸을 텐데
꿋꿋이 우리의 영토에 햇빛을 나르고
한 그루 나무로 단단히 서야 했던
그 고행을 내 다 알지요
두 그루 나무가 등 기대고 걸어온
우리 삶의 여정은
열네 그루 나무 우거진 숲에 다다랐네요
희망과 절망으로 삶의 숲을 일군 우리
몸도 마음도 너무 허술해져 버린 세월이지만
울울해진 숲이
든든한 울타리 되어 우리 곁을 지키네요
이제 그 숲에 기대어
세월을 되새기며 나른하게 잠겨 드는 추억
조용히, 그리고 매일 매일
함께 낡아가는 집 한 채의 풍경이지요

# 초당 가는 길 · 2

빗물 고인 작은 웅덩이에
하늘 구름이 살포시 내려앉아
잠시 나를 멈추게 한다

흙탕 속을 견디며
가라앉고 가라앉아
이윽고 맑음으로 가 닿는 물의 경전

맑디맑은 눈길로 내다보는
경전 속으로
풍당 빠져드는 내 마음

이리저리 헝클어져 막막하던 나의 詩도
엉킨 그 타래를 순하게 풀어내는 길
경모의 마음 간직하고 蘭香 따라가는 길

# 초당 가는 길 · 3

난설헌 기념관 뜰 한 옆에
오가는 발길을 멈추게 하는 전통 차실
고장의 茶會 회원들이 고운 한복 매무새로
정갈한 茶具에 찻물을 우려내오는데
찻상에 먼저 앉아 반기는 다화는
초희 낭자가 거닐던 옛 뜰의 계절 꽃 같고
선비들의 서가에 꽂아두던 간결한 一枝花의 기품 닮았네
커피 천국인 강릉하고도 초당에
이리 그윽하고 소박한 우리의 전통이 숨어있으니
천 원 한 장으로 귀한 차를 대접하는
강릉의 융숭한 대접문화가 이러하다네
따뜻한 차 한잔에 꽃피는 이야기 속으로
초희 낭자 강릉을 떠나 시집가고
친정은 쇠락하고 슬하에 자녀를 잃어 애통하던
시대의 벽을 훨훨 넘어 21세기에 이르러서는
시대를 앞서 산 사상을 더욱 추앙하고 있으니
초당을 찾는 이들도 마음에 담아가는

난 향으로 그윽해지는 그런 길로

경모하는 마음 안고 마카마카* 오시우 야?


*강릉 사투리 : 모두모두 오세요

# 고운 임 오소서 · 1

― 난설헌 문화제에 부쳐

벚꽃잎 흩날리는 음력 삼월 열아흐렛날은

누구의 어머니도 아내도 아닌 한 여성으로

그 이름을 동양 삼국에 떨치신 천재 시인을 기리는 날

오늘은 오랜 꿈에서 깨어나

고향의 해풍과 솔향에 취한 신선의 시 한 수

초당 고을 바람에 전하소서

고난과 슬픔의 시대는 모두 헛된 꿈

이젠, 옥 가마에 달무리 같은 후광을 두르고

남풍 꽃바람을 거느리며 선계에서 하강하시지요


초상화 속에서 사뿐히 일어나 댓돌에 내려서시렵니까

나풀거리던 처연한 살풀이춤 자락에

해마다 하늘을 울리던

임의 서러운 한을 훨훨 풀어 보내고

해마다 쾌청한 하늘을 불러내 우리 곁으로 다가오시니

기쁨과 존경의 마음이 雨後竹筍처럼 솟아나

초당은 날이 갈수록 임을 찾는 사람들로 울울창창

임 그리는 발길은 끊임없지요

초희 아씨 어여쁜 모습이듯
사뿐 걸음으로 초당 뜰을 거닐 듯
산들 부는 바람에 선녀 날개옷 팔랑이며
오소서, 고운 임

# 고운 임 오소서 · 2
— 난설헌 문화제에 부쳐

詩仙의 뜰에 피고 지는 풀꽃과
오래된 소나무의 청정함까지
눈길 닿는 곳마다 임 뵈온 듯 설레는 날
경모의 마음 간직한 어린 시심들
백일장 詩題를 앞에 두고 올망졸망
고사리 같은 손으로 빚어내는
임 그리는 마음 가득하고
사월의 초당 숲에는
그리운 임의 향기에 젖어
저마다 절창의 詩 한 수 남기기를
소원하는 이 시대의 시인들
겸허하게 시의 향을 사르나니
부디, 부디 어여삐 여기사
문장의 힘 단단하도록 살펴주소서

# 고운 임 오소서 · 3

여성이 글을 읽고 시를 짓는다는 이유로
평생 비난의 소용돌이 속을 살다 가신
조선의 천재 시인
스물일곱 짧디짧은 삶 속에서
격렬하게 자아낸 피안의 시편들을
신께 소지로 올려버린 여인의 초월 의지
당대는 물론
현대에 이르도록 詩仙으로 더욱더 우뚝함은
바로 안타까움에 화답하는 신의 가호가 아니겠는지요
한 많은 여인의 천재성을 신도 아깝다 하시네요


초당 뜰에 출렁이는 적송 물결 사이사이로
벚나무 꽃잎들 분분히 날아들고 있어요
임의 어린 시절
*밤이면 오동나무 가지에 걸리던 달빛이랑
등불에 모여들던 벌레며 물고기들처럼*
그리움의 촉수를 돋우고 임의 뜰을 찾아드는

이 시대의 정신도 행렬을 잇고 있지요
난초의 빼어난 모습이 찬 서리에 시들어도
맑은 향기만은 사백삼십여 년 세월을 초월하며
고고하기 그지없는 불멸의 난향으로 피어나고 있어요

그 향기
날이 갈수록 더욱 그윽한 초당 뜰에서
푸른 바다 파도 이랑처럼
쉬지 않고 출렁이는 힘찬 시혼과
시대에 굴하지 않는 올바른 정신이 모두
임께 물려받은 귀한 유산이기에
지극한 마음을 담아 詩의 잔을 올리오니

시대를 앞서 산 자유 정신의 여성이여
性을 초월한 천재 시인이여
임께 드리는 詩의 잔에 마른 입술 축이고
시름에 접었던 두 귀는 꽃잎처럼 활짝 열고

이 시대의 그리움을

부디 흠향하소서

* 둘째 오라버니 허봉이 쓴 누이동생의 시서화 공부에 대한 독려 편지글 중에서 인용

# 초희의 시

조선 땅 남정네들
내 詩를 읽고는 자존심 상했는지
시평은 고사하고
열등감의 반사로 분기탱천
이름난 선비마저 비난만 하네

선비들 선망하는 唐風의 律詩를
단지 아녀자가 썼다는 이유로
견주어볼 생각은 아예 없고
미남인 두보를 흠모해
그의 詩風을 본떠 흉내 낸다며 비아냥대네

여자의 품행을
땅에 떨어뜨리고 짓밟아야 체면이 서든가?
이 땅의 시시비비로 사는 게 지칠 때는
나, 그래도 두보를 읽고 비 갠 하늘 무지개를 기다려
무지개 따라 보석처럼 영롱한 천상을 거닐겠네

천상에서 자운(紫雲)을 펼쳐 딛고 꿈속에 노닐다가
내 집 후원에 돌아오니
봉선화 붉은 꽃숭어리 나를 반겨 흐드러졌네
새벽이면 열 손톱에 지지 않는 새 별 돋아나겠지
나의 시는, 하늘이 뜻을 도와 천상의 재주라 한다네

# 和答 詩
― 봉선화 꽃물을 들이며

늦여름 햇살을 바싹 당겨 안고
울타리 밖으로 흐드러진 봉선화 무더기
너무 정겨운 초당마을 풍경입니다

흐드러졌던 눅눅한 여름은
고슬고슬한 바람 타래에 밀려
시나브로 풀이 죽어가는데
내 눈을 찌르는 꽃송이, 그 채도 높은 순색 안에
당신의 모습이 보이네요

봉선화 몇 송이, 손바닥 안에 조심스레 감싸 쥐고
난설헌의 시 "染指鳳仙花歌"로
경모의 마음 파도치는 걸음걸음
웅얼웅얼 읊조리며 집으로 돌아오지요

어둠이 내리면
내 열 손가락에도 그리운 꽃물 들이고

날 밝으면 꽃물 든 손을 들어
반달 눈썹 그려보고 싶어요

감히, 여신의 동산에 붉은 꽃비 흩뿌릴 수는 없지만
여전히 그립고 흠모하는 당신이기에
나의 애송시 "染指鳳仙花歌"를 기리며
초당의 봉선화는 연년이 피고 지나봅니다

제 **3** 부

눈 내리는
안목역

# 그대 · 10

볼 우물 패인 어여쁜 초승달
살가운 봄비에 스며들 듯
그대에게 젖어 든다

가물어 비틀어진 나의 묵은 가지에
먼 길 어깨동무하며
푸른 링거액을 처방하는 그대

길섶에 감춰진 보물인 양
예측할 수 없던 내 생의 행운
시처럼 도반처럼 함께 가시려는가

# K 시인의 사기막골 · 1

**處暑 뒤 白露**
누가 뭐랬나
별 볼일 없이 사는 내게
절기는 새 이름을 코앞에 바짝 들이밀고
푸른 바다와 푸른 하늘의 감동처럼
환상의 힘이 되는 그런 날을 불러온다
K의 사기막골 호두나무밭 둘레에서
가을바람 자락을 흔들어대던 코스모스 무리를 불러온다

어둠을 먹고 우쭐우쭐 일어서는 숲
옷섶을 적시는 습기와 낯섦이 두려우면서도
화선지에 번지는 먹물처럼 달빛 아래 짙어지는
미지에 대한 동경으로
골짜기 깊숙이 달의 요정이 이슬 궁전에 스며들도록
고요히 고요히 숨죽이며 K와 나는 납작 별이 되었다.
구름에 달이 숨어들자 더 샛노랗게 빛나야 하는 별도 있었다
조금 지친 우리도 불빛 한점 없는 그녀의 산막으로 뛰어들었다

허름한 산막에 빛나던 알전구

그 붉은 빛의 위로가 추위에 떨던 우리를 따뜻하게 감싸고

이슬과 달과 별이 빛나는 환상의 숲을 곰곰이 되새기며

하룻밤 외출에 신이 난 젊은 시인들은

곧 떠날 K의 이민에 대한 일은 함구했다

못다 한 속말들로 밤새도록 서로의 내면을 두드리며

지지 않는 별과 함께 온밤을 지새운 일

사기막골의 가을밤은 화석처럼 각인된 한 편의 젊은 詩였다

# K 시인의 사기막골 · 2


그 밤 별처럼 반짝이던 K 시인의 열정을 잊을 수 없다
뉴질랜드에서 날아온 두 쪽짜리 그림엽서
그녀는 꿈꾸던 신세계에서
詩에는 아예 손을 대지 못하는 것 같았다
남섬에 갔는데 너무 아름다워 죽고 싶었다는 K 시인


"책상 앞에 한가로이 앉아있을 수도 없이 시간이 흘러갑니다
요즈음은 詩를 자주 생각합니다"


타국의 여러 상황으로 어렵다는 詩 쓰기
혼돈을 가라앉히려 애쓰고 있는 기질적 보헤미안의 고백
깨알처럼 흔들리는 타국의 안부가 아프게 다가와
그녀에게 부치지 못한 나의 시집
그녀에게 부치지 못한 나의 마음


내 나라에서 나만 편안히 詩 쓰고 있음에
종내 소식도 전하지 못한 긴 세월

K 시인의 가을 사기막골을 꿈에나 왕래하는 나
짧은 만남으로 압축된 이별 추억에 갇혀
이따금 이슬에 함빡 젖어 빛나는 어둠이 우쭐우쭐 일어서는 숲

그 환상에 젖어
우리가 함께 우러르던 별 하늘은 그대로인지
가을이면 환상 속에서 불러오는 한 폭의 추억이
너무 깊고 짙어
이제껏 그리운 별도 볼일 없이 살고 있다

# 델피니움

갤러리 창가에
아, 눈이 부시도록 아름다운 돌고래 떼가
바람을 가르며 유영하는데
흔들릴 때마다 물살을 가르고 있는데
그 흔들림은 그리움이구나
응축된 네 그리움이 다 보인다
조랑조랑 매달린 코발트블루는
추억으로 각인된 고향 해변, 그 물빛
유럽 유학을 마친 화가의 그림이
네 그리움을 썩 닮았는걸
꽃과 나무들의 파스텔 색조는
이 땅이 그립고 그리웠다는 고백
화가는 네 마음을 알아채지 못한 채
네 서늘한 슬픔이, 그 빛이 좋아
전시회의 꽃으로 장식했을 뿐이야
그리움의 시간을 견디며
새파랗게 멍이 든 너는

지금 지중해 드넓은 물결을 꿈꾸는 게야

눈을 잡아끄는 색채에 끌려

나는 네 슬픔의 격랑 속으로 빠져들고 있다

신비로운 푸른빛에 깊게 배어있는

너의 꽃 빛 고백을 들으며 지중해로 흘러든다

# 꽃

꽃, 너희는 힘들게 피더니
지는 건
어찌 그리 잠깐인지,
그리운 사람 불러
함께 볼 새도 없이
바삐 져버리니
예쁜 것들의 매정함만 같아서
서운하고 아쉽더라

나는 누구에게서
힘들게 피었다가
져버린 적 있었는지
꽃이었던 적 있었는지
매정했던 적 있었는지
이만큼 멀리 와서
봄 언덕을 넘어가며
잊은 듯 잊힌 듯 아득한 꽃 시절

# 정동진

태백산맥 등허리에서 흘러내린 장대한 기백
그 가운데 뿌리를
깊게 품어 안은 정 동쪽 바다에
동터 오르는 광경을 당신은 보았는지요
용트림으로 몸을 뒤집는 파도가
붉은 태양을 밀어 올리는
장엄한 광경의 파노라마로 인해
나의 심장은 쿵! 쿵! 요동치는 북소리

혼자 누리기엔
너무 벅차고 아까워
문득, 그리운 사람이
더욱 그리워지는 정동 쪽 바다

# 산나리

동해에 발꿈치 내린
태백산맥 벼랑 끝에
젊음이 무더기로 매달려
스크럼을 짜고 일어선다
나리꽃 붉디붉게

산골 청청함이 물빛 푸르름만 못하겠냐만
야산에 흩뿌려 둔 그리움의 원천
포화 속에 스러진 이 땅의 애통한 주검들
폭죽처럼 발화되어
위태로운 비탈길에 내려서서 발돋움한다

7월 산하에 낭자하게 피워내는 붉은 역사의 증언

파도는 쉼 없이 갯바위로 돌진하며
멍들어 검푸른 마음을
철썩철썩 짓이기고 있다

산자락을 휘감아 도는
바다의 진혼곡이다

# 눈 내리는 안목역

안목역에는 기차가 오지 않는다
간이역 역사의 나그네는
뱅쇼 한 잔으로 추억을 따끈하게 홀짝이며
잔기침을 쿨럭이기도 한다
샤갈의 눈 내리는 마을처럼
안목에 눈이 오면
등에 짊어진 바다를 푸르게 풀어놓고
봄을 부르는 사나이가
간이역을 지나치는 여인을 바라보기도
장난감처럼 작은 자동차를 바라보기도 하며
지붕 위에 쌓이는 눈송이를 바라본다
꿈꾸듯 고향의 봄을 생각한다
음력 정초가 지나면
산간 마을보다 바닷가로 많은 눈이 내린다는데
바다에 내리는 눈은 눈 녹듯 녹아 흔적이 없다
눈물에 젖은 파도는 더욱 촉촉하게 봄을 일으키고 있다

카페 안목역을 등(背)진 바다의 파도를 감지하며

나그네들은 미나리아재비 빛 푸른 봄 바다를 부르고 있다

# 유토피아

몽롱한 표정의 사람들이
구석진 자리나 창가에 허리를 기댄 채
침묵의 눈과 입에 쌓인 허무를 괴고 있다
종이 필터에서 흘러내리는 커피 방울이
바리스타의 숙련된 손놀림에서 탄생하는 과정을
신중한 표정으로 바라보고 있다
그 빛깔과 향이 콘트라베이스처럼
중후하고 긴 여운을 거둘 때까지
세상에서 가장 쓸모있는 일인 양
초집중 모드로 장착된 가자미 눈들
어느 테이블에 도착한 커피 두 잔에까지
쏠려 가던 눈을 제 자리에 위치시킨 뒤
하나, 둘 기다리던 사람이 다가와 앉으니
사람들은 우울을 벗어버리고 무대로 등장한다
점차 용기를 내 목소리 톤을 높여가며
가면에 숨어 살다 탈출한 이야기로 소란스럽다
해무가 몰려오는 날이면

사람들은 의식의 저 안쪽에서

기차가 기적을 울리며

*안목역에 도착할 것을 상상한다

어깨를 걷고 있는 동지적 무리는

의식의 해방을 갈구하며

어딘가에 꼭 있을 것만 같은

그곳에 대한 환상에 젖는다

늦도록 귀가도 잊은 채

驛 대합실에 모여

기차의 발착을 꿈꾸는 사람들,

오늘이야말로

해무 속에서 희미한 실루엣을 엿보이는

유토피아의 큰 아가리 속으로 돌진해야 할 때인가보다


* 안목역 : 안목에 있는 유토피아적인 작은 카페 명칭

# 영토확장 · 1

부드러운 고독의 바다에 유영한다
잠잠하던 나의 변방에서
안개처럼 스며들던 물결이
애써 지켜온 내 중심의 보루
그 단단한 벽까지 스며들고 있다
단단한 벽이 흠뻑 젖고 젖어 허물어져 내린다
나와 세계를 딛고 일어서는 변화
굳을 대로 굳어버렸다가 이윽고 해체된 공간
무너진 보루를 딛고 일어서는 것은
공간의 확장이다
부드러운 사유의 꽃송이들이 송이송이
자유롭게 흩날릴 수 있는 무한의 변방이다
경직된 사고의 중심이 그립지 않은 변방이다
경직이 업어 키운 세월 속에서
고독이 피워낸
변화의 속살 깊이
부드러운 영토가 확장되고 있다

# 영토확장 · 2

첩첩 나무 병풍 아래
홀아비바람꽃 홀로 섰고

분홍치마 바짝 치켜든 얼레지
홀아비바람꽃 숨결에 파르르 떨리는 눈까풀

이 꽃, 저 꽃
녹음과 앞다투며 알알이 들앉으면

한 가닥 미풍에도 팡팡 터지는 씨방들
원대한 꿈을 위해 숲의 고요를 깨야 한다

너나없이 더 넓은 터전을 욕망하며
온 숲으로 타전하는 종의 무한 질주

가지각색으로 만개하는 숲속 비밀의 정원
꽃, 꽃, 꽃들의 영토확장, 그 戰場이다

# 묘약

누군가 내게 욕을 한다 해도
소화만 잘 시키면
인생살이 피가 되고 살이 되지요
나도 나를 다 이해할 수 없는데
그런저런 오해쯤은 내 탓이라며
더러는 남의 탓 말고 살아야지요.
괴롭기도 씁쓸하기도 했지만
툭툭 털어내는 묘수를 익혀가며
세월은 흘러 흘러 예까지 왔어요

혹여 힘든 사람 관계 생기면
진중하게 꼭꼭 씹어봐야 해요
쓰디쓴 그 맛의 진원을 기억하면
웬만한 인생사
아차, 무릎장단 치게 하는 그 쓴맛이
훗날, 화통 화통하게 살아갈 묘약이 되겠지요

남의 허물은 사라져버리는 거품처럼

가공 생산되는 허상이니까요

# 소소한 일로

아침부터 하늘은 심술궂고
삭신이 찌릿찌릿

그래, 이럴 땐 이마를 찡그리지 않기
개구리 뒷다리, 개구리 뒷다리
입꼬리는 올리기 또 뭐 있지?
자꾸 오그라드는 기운이
스프링, 스프링 개구리처럼 튕겨 오르도록
머릿속으로 주문을 외며
마트로 가던 차를 돌려 시장으로 향한다

제철 나물이며 푸성귀가 유난히 풍성한
중앙시장 채소 골목으로 들어선다
봄 푸성귀들 소복소복 눈을 잡아끄는데
"새닥이요, 월동 시굼추르 좀 사가우"
좌판에 올라앉은
새파란 시금치 한 무더기 건네받고

늙어서도 새댁이 되는 신바람 난 장보기

마트 장보기와 사뭇 다른 시장 장보기
주인과 객의 대면이 살아 있는 곳
이것저것 살 때마다
주객의 인사말이 정다운 곳
발꿈치 사뿐히 돌리며 진심으로 "많이 파세요"
그들의 하루 장사에 복이 깃들기를 바라는 마음
우연히 맞는 소소한 행복이다

# 게으른 시인

가을비가 수직의 은혜로
마른 땅을 해갈시키고 있습니다.
오랜 가뭄 끝에는
단비보다
더 간절한 것이 있을 수 있을는지요
메마른 詩心을 흥건히 적셔줄
늦은 소나기라도 한줄기 퍼붓고 지나시길

한 해 마무리 원고 마감
그리고 독촉!
허겁지겁 불똥 튀게 마음 바쁜
이일 저일 허둥대며
십일월 고개로
숨 가쁘게 치 달려나 봅니다

돈이라면 꾸어다가 라도 쓸 텐데?
이거, 한두 번 해본 소리 아니니

이 게으른 저를 어찌 처단해야 할는지요

## 늑대의 시간 · 2

해가 설핏 기울고 땅거미 질 때쯤이면

어디론가 훌쩍 떠나고 싶어
갈증으로 목메는 젊은 시절도 있었지
어둠 속 어둠을 향해 가속페달을 밟으며, 밟으며
두려움을 뒤로 한 채
긴 터널을 지나 어둠의 끝까지

끊임없이 무너져내리지 않으면 견딜 수 없을 것 같은
아니, 어쩌면 금기에 대한 지독한 호기심으로
갈등과 좌절의 상처 깊어져
캄캄한 어둠, 그 어둠 너머의 어둠 속에서
심장을 쥐어짜는 고통으로 컹컹 울부짖어야 했던 날들

동토의 땅을 녹이는 봄 햇살처럼
인간의 땅으로 신이 내려보낸 시간을 살아내며
살아있는 모든 것들의 변화와 더불어

가슴 속 상처를 덧내지 않을 만큼 낡아지며
욕망을 재우는 방법을 터득하고

좌절하지 않는 방법도 터득하고
어둠 속을 지키는 늑대를 앞에 두고도
체념한 듯 침침해진 눈을 들어
저건, 개일 거야
두려움 없는 느긋함까지 터득한 나

이제, 분별의 서글픈 터널로 진입하며 무디게 살아갈 참이다

# 간단히

추석이 다가오자
웬일인지 뒤숭숭함을 접지 못해
"얘야, 올 차례상은 간단히 차려라." 당부를 한다

사십여 년 종부 살림 며느리에게 맡기고
그 어려움을 아는지라
할 말은 그저 그뿐

대물림 종부로 바삐 동동거리는 며느리를
마음으로만 읽고, 한점 참견 없이
손님처럼 아들네 추석 나들이를 다녀온다

이렇게 한세상도 나들이지
나고 자라고 살다 보니 어른이라는 자리
또 한 가지 미련 없이 손을 뗀다, 간단히

# 반짝이는 비행

물비늘 반짝이는 바닷속
물고기 숲에 산호 꽃 피고
산호 꽃 숲으로
유리얼개비늘 물고기 떼
자유자재 꽃 숲을 열며 전진 후진
반짝반짝 아름다운 비행이지만
포식자를 피해 살아남아야 하는
약자의 일사불란한 훈련
환경에 의한 진화의 모습이란다

인류는 이 같은 난세에
생존을 위해 어떻게 진화하려는지

# 소화 불능의 2020

먹은 것이 소화 능력치를 웃도는지
늘 몸 하나 겨누기가 힘겨운 나
지구도
생태 소화 능력치가 훨씬 초과 되어
연일 그 병증으로 뒤틀리는 세계 곳곳
산림 벌채, 이산화탄소 과대 방출
연중 지구생태 용량초과의 날은 점점 빨라져
시간은 가속이 붙은 채 달리고 있다
TV 영상을 통해 폭력처럼 난무하는
기후 이상 현상들, 코로나19의 여름
전염병과 기상이변으로
가슴만 오그라들 뿐 속수무책이다

음식쓰레기 줄이고, 분리수거 잘 하고
세제 줄여 쓰고, 연료 소비 줄이고
사람은 그리워만 하고
손가락으로 꼽으며 세어봐도

겨우겨우 요건가
지구의 푸르름을 지키고 싶지만
모든 것이 나의 소화 능력치를 웃돌아
무기력하고 의기소침한 요즘
터질 듯 당겨지는 신경 줄을
조심스레 안고 산다

# 소외

소비가 미덕인 이 시대에
최대의 소비라는 전쟁
전쟁도 미덕이란 말인가!
거대한 경제 원칙의 수레바퀴를 유유히 굴리며
러시아는 우크라이나 침공을 끝낼 줄 모른다

태연스레 범죄의 일반화가 점유하는 세상에서
가해자와 피해자 사이에서
상실되는 자율성은 속수무책으로
정신적 소외를 과잉 생산하고
신은 죽었다는데

범죄의 일반화는
세상의 版圖를 뒤집어엎고 있다

# 2021 봄 · 1

가는 곳마다 마스크 물결이 춤을 춘다
바다와 호수가 지척인 우리 동네는 청정지역
수시로 찾아드는 대도시 사람들을
마음에 가시를 세우고 바라보게 된다
주말이 지나야 카페나 음식점 귀퉁이
이방인들에게 빼앗긴 나의 영토를 탈환한 듯
아, 옛날이여! 조심스러운 한숨뿐
생태계 최상위 포식자도 해치우는 바이러스와의 전장
경계심을 늦출 수 없는 불안의 시간
그 시간의 연속성에 나의 연약한 위장이 쥐어 뜯긴다
주저앉지 말고 일으켜 세워야 할 것들은
모두 무게를 줄여 둥글게 희망으로 빚어두려는데
양간지풍마저 사람이든 나무든
가리지 않고 거세게 후려치며 지나고 있다

# 2021 봄 · 2

경포호수 변
칠뜨기 강냉이처럼 보풀보풀
실한 꽃망울을 매달고 있는 벚나무들
바람이 아무리 흔들어대도
잔가지 뜯긴 몸을 곧추세우고
제 자리 지키는 나무들
세찬 바람에 흔들리다가도 곧 담담해지는 나무들
광풍에 이는 흙 바람에
비틀거리며 몸을 가누지 못하던 나까지
슬그머니 체면 차려 바로 서게 되는
굽었으되 곧게 선, 나무들의 자태

이 힘든 시기
신의 위로가 이 땅에 도착하면
곧 벚꽃 피고 봄도 만발할 텐데
벚꽃 송이 꽃비 되어 휘날릴 텐데
호수 물결 위로 눈송이처럼 제 몸 헐어 내릴 텐데

처연한 이별의 말들도 난무할 텐데
이런 자연이 무탈하게 도착 되기를
광풍에도 지지 않고 담담하게 버텨내는 나무들처럼
이런저런 미친 바람쯤 이겨내리라 이 전장에서
휘둘리지 말고 담담하게

# 사월, 2023

세력이 커지면 권력이 되고
권력이 집중되면 기어코
폭력을 낳는구나
세력도 이름난 양간지풍이
고요하던 강릉 천지에
불씨를 데리고 미친 듯 날뛰고 있다

아름다운 강산을 불바다로 쓸어버린
저 무서운 폭력, 권력의 횡포로 인해
잔인한 발길 아래 갈가리 찢긴 사월
아들딸 집 타버릴까 동동 구른 노심초사
힘없는 우리 삶의 터전은
속수무책으로 애끓는 숯 검정이들

권력이 지나치게 힘을 키우면 저처럼 폭력이 됨을
그런 폭력은 기어코 화마를 불러올 수 있음을
평온의 바다를 누 지르며 휘덮던 화염처럼

항거도 못 하는 약자들을 침범할 수 있음을
오늘에야 정신 차려 반성하고 반성한다
권력 아래 모여 송사리 떼처럼 꼬리 치며 살던 일

# 여름의 끝 · 1


한동안 열탕처럼 뜨겁던 날들 지나고
제법 선선한 아침 바람이 반가운 날
역사 이래 지구가 가장 덥다는 2023. 여름 탓에
한해살이 마무리할 날들 앞두고 맥이 다 풀려버렸다
입추, 처서, 백로 차례로 혹서를 지우며 다가온 절기는
어느새 나를 지나쳤는지 놀랄 일이다
계묘년 남은 날을 헤아려보니 한 백 여일
눈 깜짝할 새에 검은 토끼 다녀가시고 다시 새해가 다가올
텐데


봄을 꿈꾸는 인고의 겨울을 지나면
산천에 꽃등을 켜고 희망을 노래하는 강릉의 봄이 오기에
사람들은 사랑이 샘솟아 오르고 서로의 상처를 달래가며
양간지풍에, 산불에 혼비백산쯤은 견뎌낼 수 있었는데
지구 온난화가 그리운 옛말이 되었다니
정신없이 들이닥칠 펄펄 끓는 전장 같은 여름 예감
2024. 지구라는 별의 작은 점 강릉에서

온전한 지구에 대한 나의 열망도 비등점을 향해 치닫고 있다

# 여름의 끝 · 2

이카루스보다 더 큰 날개를 달고
이기심으로 팽배한 욕망의 비행을 탐닉하느라
뜨거워진 지구는 덧없는 욕망의 인간 자살골이다
인간은 대책 없이 탄소 발자국만 높이면서
태양 복사열 반사 기능용량초과에 다다라서도
정신 못 차리니
이제, 꼼짝없이 죽음을 향한 추락이다
2023년 7월 23일 UN 사무총장
결국, 지구가 열대화 시대에 돌입했다는 위급상황 선언 그 후

환경개선을 향해 발돋움하는 사람들 곁으로
가을은 여전히 자연스레 다가와 주고 있다
그 속의 다양한 변화 속에서 새삼스레
변함없이 우리 곁에 함께하던 계절의 옛 질서가
소중한 순리였음을
모든 순리는 자연이 낳은 가장 아름다움임을 이제야 알겠으니
아무리 미련하게 살아온 인간일지라도

우리 모두 마음을 모아 미련함과 무딤에서 깨어나
속히 頓悟의 경지에 들 수는 없는 걸까요

# 서글픈 생존

― 2021년 3월 8일

창밖으로

한 사람이 지나간다

남녀 구별이 쉽지 않은 모양새의 사람

모자를 푹 눌러쓰고

마스크로 얼굴을 덮은 그 사람은

마트에서 장을 보고 돌아가는 이웃 여자다

굴속에서 튀어나온 두더지처럼

급한 볼일만 보고

굴속으로 황황히 돌아가 버리는

요즘 사람들의 음산한 풍경

화려한 치장으로 실체를 숨기기 급급하던 사람들

가면을 써야만 없던 용기도 나

으쓱으쓱 체면 세우고 살던 사람들이

정작

바이러스 대응용 실물 마스크를 벗을 수 없게 되자

세상은 시들하고 뒤숭숭한지 오래고

제 의지로 선택하지 않은 마스크 뒤에 숨어서

불안과 초조와 공포와 분노로 인해 왜소해지는
초당 하나로 마트 뒷골목의 쓸쓸함
어떤 여자라도 치맛자락 휘날리며 맵시 좋게 나서거나
이웃과 경쟁하듯 쇼핑을 하는 일은 꿈 같은 옛일
부스스한 몰골로 생필품과 먹거리만 실어나르며
볼품없이 숨어 사는 쓸쓸한 생존 기계들
왠지 불안에 떨며 이웃과 눈 마주치기를 주저한다
선뜻 나서서 인사도 못 건네고
나도 창을 슬그머니 닫아버린다, 버린다

서글픈 햇살만 유리에 부딪혀 찬란하게 산란하고

# 나와 카톡

사람과 사람 사이가 봉인되려는 시대
그 시대를 외면하는 자발적 투항으로
간이 오그라든 나는 요즘 숨어 산다
세상과 단절된 토끼 굴속 놀란 토끼
대면조차 통제된 불안의 시간이
나를 토끼굴 속에 처박아 놓고
거침없는 노크 소리로
쉴 새 없이 까똑, 까똑
뭐 소통하자고?

여보세요, 좀!!
그건 소통이 아니잖아요
일방적 소통을 강요하는 저 창구는
절대 열지 마
나의 기질적 잠적은 까탈스럽기도 하지
피신처마저 허용치 않고
고문하듯 문을 두드려대는

까똑, 까똑, 까똑에 대항하며
나는
손가락을
쾅 닫아버린다

# 묻고 싶다

이 무슨 발상인가!
경포호수 광장 3.1 기념탑
그 옆에 모셔놓은 소녀상
머리에 웬 조화 화관
가슴엔 주렁주렁
색이 바랜 조화 목걸이가

주권을 잃은 나라의 소녀들
나라 잃은 죄로 점령군에 유린당한 생애
그들은 애통과 원통의 역사 현실을 살다 갔어도
가해국의 진정한 사죄도 받지 못한 오늘
맨발로 몸부림치던 그 소녀들을
기억하고 잊지 말아야 할 아픔인데

잊지 말아야 할 고통의 본질을 희화화하는
지저분하고 난잡한 조화무더기
도대체 어울리지 않는 이미지로

무얼 말하려던 의도였는지
가장 깊은 아픔이 맨발 그대로 전달되려면
감히 본질을 훼손시키는 군더더기는 삼갈 일이다

# 설렘 · 1

정월 스무사흗날
겨우내 귀한 적설량의 혹독함 끝에
온종일 때 이른 비가 가문 땅을 적신다
홍매 꽃눈도 갈증을 푼다
기죽지 않는 질긴 바이러스에
입술 타들어 가던 나처럼
봄을 기다리는 수목들
빗방울의 진동에 놀라
홍매 두어 송이 눈을 뜨는데

가뭄으로 갇혔던 그 향
오늘은 젖고 젖어
바람도 실어내지 못하니
온전히 비와 나무의 것이네
혹독한 겨울을 이겨낸 매화처럼
겨우내 갇혀 살던 우리의 고통도
진한 삶의 향기로 아물어서

오로지 사람과 사람의 것으로 나누면 좋겠네
새, 봄에

# 설렘 · 2

누구인가,
꽃송이를 여는 손길로
나의 동토에도
해빙을 예감케 하는
그는 누구란 말인가

낡은 창에 비친
쓸쓸한 얼굴 하나
우중충한 방구석을 박차고
봄처럼 벌떡 일어서서
그리움의 정체를 화라락 열어젖힌다

아코디언 선율처럼 신바람 나는
왈츠곡처럼 부드러운 응답을 찾아
광장으로 나서야지
내 삶의 꽃대 위에도
토실한 햇살 담뿍 안아 들이러

# 知 · 2

사람을 조금 안다는 것은
기쁨과 슬픔이 한데 섞여 끓는
잡탕찌개 맛이다, 혼란이다

사람을 더 깊숙이 안다는 것은
융합의 그물망 위에서 춤추는
고통의 외줄 타기다

사람과 사람의 완전한 관계 맺음은
외줄 타기 고통에서 높이 솟아올라
지식과 정보의 경쟁까지 벗어난 길에 서는 것

사람을 안다는 것은 기쁨이다

* 번지가 공자에게 知란 무엇인가 하고 묻자 知人이라 함

# 소금

유월이 오면
우리는 엄마의 넓은 품을 떠난다네요
끊임없는 파동으로 어르고 달래주던 엄마는
鹽夫의 땅으로 트인 물꼬가
성공 지름길인 양
선뜻 우리를 내보내
염부의 자식으로 입양시켰죠

입양된 우리는
그리운 바다처럼 푸른 하늘을 우러르며 꿈을 꿉니다
이곳에는 물고기 떼도 파도도 없는 고요가 막막하여
뜨거운 햇볕에 달궈진 온몸의 고통과 갈증으로
좁쌀 같은 열꽃이 피어오르고 있어요
하루에도 몇 번씩 우리의 괴로움을 살피고 다니는
염부의 구슬땀은 우리를 성숙시키는 아비의 마음이라네요

양부의 발소리 들릴 때마다

까무러치는 정신을 차려보면
어느새 우리 좁쌀 꽃들도 덩어리져
연꽃처럼 結界\*에 드는 고요
명상에 잠겨 구름 따라 흐르며
서로서로 어깨를 겯고 무게를 키운 꽃송이들
결계를 풀고 어깨를 풀며 사뿐히 바닥에 가라앉았어요

난생처음 고체가 된 우리 이름은 소금
반짝반짝 빛을 발하는 멋진 성숙이라네요
양부의 눈빛도 우리처럼 자랑스레 빛나던 걸요

\* 불도를 닦는 데에 장애가 될 만한 것을 들이지 않는 지역

# 나, 살던 곳

춘천이 늘 명치 끝을 누르듯
안개처럼 어렴풋이
알싸한 아픔으로 남아있는 것은 무엇일까

서울에서 성장해 타지로 살림을 났을 때
늘 기차를 타고 시댁과 친정을 오가던 풋 어미 이야기가
직접 벽돌 찍어 처음 지은 내 집 이야기가
춘천 후평동에 그립게 남아있기 때문일까

집 뒤로 복숭아밭, 자두밭이 에우고 있는 그곳을
나이 든 어른들은 뒷뜨르라고 했다
겨울이 소양강 칼바람을 몰고 다니고
세 아이와 등이 아프도록 오들오들 떨어야 하는 추위였어도

모과나무 밑에 쌓이던 연탄재 더미를 바라보며
그렇게 봄을 기다려야 했던 게 너무 아팠는데도
겨울도 따뜻한 강릉에 와 살면서

때때로 다시 돌아가고 싶어 아물지 않는 흔적들

도시의 뒤쪽에 숨어 피는
봄의 도화, 이화 景은 환장하도록 황홀해서
긴 겨우내 꿈꾸듯 기다리며 견딜 만했지
문학 동아리에 첫발을 내밀며 설레던 곳

진저리치게 춥지만 그립고 따뜻한 아이러니
언제나 내 영혼을 적시고 있는
始原의 봄내, 춘천